GW01460358

El ladrón de ladrillos

Fernando Aramburu

Ilustraciones de Asun Balzola

ediciones sm

Primera edición: marzo 1998
Sexta edición: mayo 2004

Colección dirigida por Marinella Terzi

© del texto: Fernando Aramburu, 1998
© de las ilustraciones: Asun Balzola
© Ediciones SM, 1998
   Impresores, 15 – Urbanización Prado del Espino
   28660 Boadilla del Monte (Madrid)

ISBN: 84-348-6022-8
Depósito legal: M-14405-2004
Preimpresión: Grafilia, SL
Impreso en España/*Printed in Spain*
Orymu, SA - Ruiz de Alda, 1 - Pinto (Madrid)

Mariluz García vivía en un pueblo
de doscientas casas.

Una mañana, al despertarse,
los vecinos se llevaron
una sorpresa desagradable.

A casi todas las paredes
les faltaba algún ladrillo.

Pasado un año,
en el pueblo de Mariluz García
sólo quedaban cien casas de pie.
El resto había caído
misteriosamente.

—Nada de misteriosamente
–se quejaban algunos,
muy enfadados–.
Alguien, por las noches,
arranca los ladrillos
y se los lleva.

Quienquiera que fuese el ladrón,
quitaba cinco de aquí,
ocho de allá.
Y como es lógico,
de vez en cuando,
¡cataplum!,
alguna casa se caía.

Los que se quedaban sin hogar
iban a vivir
al edificio de la escuela,
que cada vez estaba más lleno.
  Algunas familias,
hartas de rehacer y rehacer
la casa derribada,

pusieron los muebles
en la camioneta
y emigraron a la ciudad.

Los vecinos inventaron
remedios ingeniosos
para proteger sus viviendas.

Unos pegaban con cola
agujas a los ladrillos.
Otros escondían escorpiones
en las grietas de las paredes,
o cubrían éstas de cepos.
   —Al fin
podremos estar tranquilos
–se decían.

Pero a pesar de esos trucos,
alguien seguía arrancando
los ladrillos
por las noches.
  Desesperados,
los vecinos se reunieron
una tarde en la plaza.

—¿Qué os parece
–propuso la alcaldesa–
si todos los días,
tras la puesta del sol,
hombres y mujeres
cuidan del pueblo por turnos?

La idea fue recibida
con entusiasmo.

—¡Bien dicho!

—¡Sí, señora!

—¿Cómo no se nos había ocurrido?

Y de común acuerdo
organizaron las patrullas
que habían de pasar
la primera noche
en vela,
vigilando.

Esa noche,
el pueblo estuvo iluminado
por las antorchas.
Nadie vio nada,
nadie oyó nada.
Pero lo cierto es
que al amanecer
faltaban más ladrillos
que de costumbre.

Por aquel entonces,
también la casa de Mariluz García
parecía un queso de agujeros.
El frío,
la corriente
y las gotas de lluvia

se colaban a través de ellos
como querían.
A veces
entraba un pájaro
por una pared
y salía por la otra.

25

Lo único bueno era
que Mariluz García

podía contemplar las estrellas
sin levantarse de la cama.
Y las contemplaba
durante largo rato,

porque,
como a muchos niños
del pueblo,
el miedo no la dejaba dormir.

Fue ella quien descubrió
casualmente al ladrón.
La luna se había parado
tras un agujero de la pared.
La niña,
con la manta subida
hasta el borde de los ojos,
la miraba y la miraba.
La luna comenzó a desaparecer.
Ya sólo se veía un cachito.
De pronto,
un ladrillo se salió
hacia la calle,
sin ruido,
y Mariluz García
volvió a ver la luna entera.
Al momento supo
lo que había pasado.

Se acercó de puntillas
a la pared
y por uno de tantos agujeros
vio a un hombre pequeño,
no mayor que un gato
erguido sobre dos patas,
con una nariz larga
terminada en punta.

El hombre empujaba
una carretilla más grande que él,
rebosante de ladrillos.

Vestía un traje negro,
con capucha,
que lo hacía invisible
en la noche.
Sin embargo,
por un costado de la cabeza
le colgaba un mechón
de canas blancas
que brillaba en la oscuridad.

Gracias a ese mechón,
Mariluz García pudo seguir
al hombre diminuto.

«¿Para qué querrá los ladrillos?»,
se preguntaba.

Llena de curiosidad,
fue tras él
por caminos estrechos
hasta las montañas.

Allí le vio descargar
la carretilla
en el montón de ladrillos
más alto
que nadie haya visto jamás.

Poco antes de salir el sol,
el hombrecillo,
cansado,
se acostó en la hierba.
No bien lo supo dormido,
Mariluz García se acercó
a observarlo de cerca.
Le había perdido el miedo,
quizá por su pequeño tamaño,
quizá porque tenía pinta de muñeco.

Cuando estuvo a un paso de él,
el hombre se despertó.
Estaba tan asustado
que se tapó la cara
con las manos.
A Mariluz García le dio lástima
aquel hombrecillo
que justo le llegaba a la rodilla,
y eso que ella
no era más que una niña
de seis años.

41

Y le dijo:

—Yo no quiero hacerle daño,
sino saber por qué se lleva
los ladrillos de mi pueblo.

El hombre compuso
una mueca triste,
muy triste,
tristísima.
Luego,
señalando un punto en el cielo,
sobre la cima de una montaña,
comenzó a explicar:

—Detrás de aquella nube
está escondida mi nave.

»El día que llegué
a vuestro planeta,
me gustó tanto lo que vi
por la ventanilla
que no pude aguantar las ganas
de bajar a explorarlo.

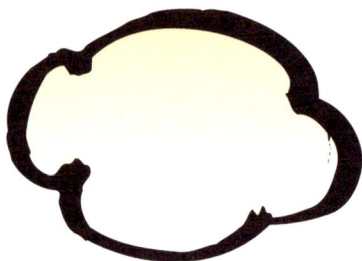

Pero, claro,
no bien puse un pie en la nube,
me fui de cabeza para abajo.

Nadie me había advertido
que en vuestro mundo
no se puede andar por el aire.
»Menos mal que,
como peso poco,
caí despacio.
Tuve además la fortuna
de quedar enganchado
por la capucha
en una rama.
Así logré salvar la vida.

»Ni un minuto
me duró la alegría
de seguir vivo.
¿Cómo me las apañaría yo
para volver a la nave
que se había quedado allá arriba,
sola detrás de la nube?
Me entró una pena muy grande
pensando en que ya nunca
volvería a mi estrella,

donde vive mi gente
y donde yo tengo mi casa.

»Un día,
andando de aquí para allá,
llegué por azar a un pueblo.
    »Vi las casas
y se me ocurrió que
con sus piedras rojas

podría construir
poco a poco
una escalera hasta la nube.
Confiaba en que
nadie me descubriría,
pero ya me doy cuenta
de que todo el esfuerzo
no ha servido para nada.

Mariluz García se encariñó
con el hombrecillo
y prometió ayudarle.
Corriendo lo más deprisa
que pudo,
llegó al pueblo.
Subida a un banco de la plaza,
llamó a sus paisanos
y les contó la historia
del ladrón de ladrillos.

No fue fácil
lograr que la creyeran,

pero al fin convenció
a viejos y jóvenes
para que la acompañaran
hasta el escondite
del hombrecillo.

En menos de dos meses,
con la colaboración
de toda la gente del pueblo,
fue construida la escalera.

Para festejarlo,
se celebró un banquete.
Hubo música,
baile y fuegos artificiales.

Cuando ya estaban todos
rendidos de sueño,
el hombrecillo se acercó
a Mariluz García.
   —Gracias, muchas gracias
–le dijo
a punto de soltar
una lagrimilla.

Y cogidos de la mano,
subieron juntos
los ocho mil quinientos
veintitrés peldaños
que conducían hasta la nave.
    Desde arriba
el hombrecillo hizo adiós
a todos con la mano.
Después
se despidió de Mariluz García,
indicándole con el dedo
cuál de las incontables estrellas
que hay en el firmamento
era la suya.

—Prometo
–dijo por último–
que te enviaré mensajes de luz
por las noches.
Y ésa es la razón
por la que,
cuando los habitantes del pueblo
arreglaron sus casas
con los ladrillos recuperados,

Mariluz García rogó a sus padres
que dejaran sin cubrir
un agujero
en la pared de su habitación.

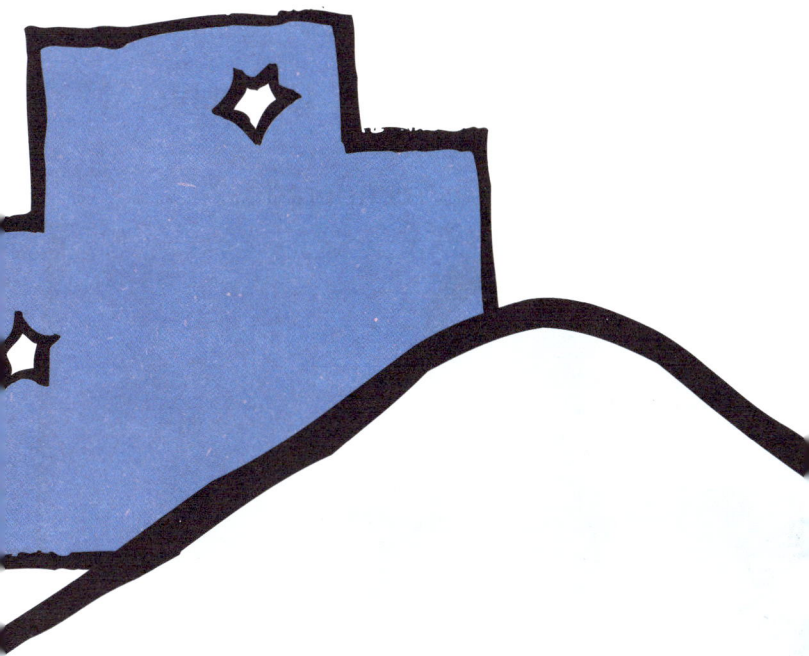

Quería ver por las noches,
acostada en la cama,
las señales luminosas
que le mandaba desde el cielo
su pequeño amigo extraterrestre.